AF395023

Druck und Verlag:
Tredition GmbH, Hamburg
@ 2019 Rolf Kaufmann

978-3-7482-3997-0 (Paperback)
978-3-7482-3998-7 (Hardcover)
978-3-7482-3999-4 (e-Book)

Auf meinen Flügeln ruht die alte Frau.
Aus ihren Augen, die sich sanft ergeben,
Entströmt ein junger Geist, wie Morgentau.
Amphore, mit Geheimnis angefüllt und Leben.

Dans mes ailes repose la vieille Femme.
De ses yeux tendrement offerts.
Jaillit un esprit jeune comme la rosé du matin.
Amphores emplies de mystère et de matin.

Rolf Dieter Kaufmann

Marie Au Porte Légère erzählt

oder

Gute und andere Menschen beim Stelldichein in Paris

I.

Gute Menschen

Was meine Großmutter,
Marie Au Porte Légère, aus Paris zu berichten weiß.

1.

Das Leben ist hart, nicht wahr?
La vita è dura, vera?

„Das Leben ist hart, nicht wahr? Wer kein Zuhause hat, der stirbt. Nimm zum Beispiel einen Fisch aus dem Wasser.", sagte während eines Besuches in Paris, meiner Heimatstadt, der Fischer Eduardo, Freund meines Gatten Clément.

Unser gemeinsamer Freund Eduardo fristet sein Leben in einem kleinen Fischerdorf, in Caorle, in Italien.

2.
Wiederbelebung des
KLEINEN WORTES
Reanimation du petit mot

Ich bin mir dessen bewusst, dass ich Französin bin und der deutschen Sprache nicht so mächtig, wie etwa meine verstorbene Mutter, Léa, oder mein Vater, Mathéo, es waren.

Über Übersetzungen in die deutsche Sprache, wie z. B. „Rückgriff eines Anonymus in die Kindheit", von Marcel Proust (À la recherche du temps perdue) und mit ins Deutsche übersetzten Gedichten von Charles Baudelaire (Le Fleurs du Mal) erweckte meine Mutter Léa in mir sprachlich gestaltete Landschaften und Augenblicke von Fiktionen, die Wirkliches mit Unwirklichem vereinten.

So lernte ich die deutsche Sprache kennen.

Die Funktion der Sprache dient dazu, uns ein beruhigendes Gefühl von sozialen Irrtümern zu geben:

Des Mangels Eingebung hat uns tausend Lügen, Schläue und Bestrebung gelehrt, in Winkelzügen Netze zu weben!

Ist Sprache die Verflüssigung von Erfahrung im wässerigen Wiederschein der Empfindungen, für etwas, für jemanden oder von sich?

Im günstigsten Fall verwirklichen sich Beziehungsinhalte, wie meine Mutter Léa meinte, in Wörtchen.

KLEINE WÖRTER stehen synonym für Zartheit, Neugierde, Aufmerksamkeit, Mut, Herzenswärme, Lebensfreude, Lebensfülle, Wirklichkeitsnähe.

Das GROSSE WORT steht für groben Umgang, Mangel an Interesse, fehlendes Einfühlungsvermögen, Kälte.

So glaubte meine Mutter Léa, wenn sie, in Erinnerung verstrickt, Anleihen aus einer vergangenen Tradition nahm.

Am beginnenden Tag.
Am Anfang des Pfades.
Von der Nacht in den Tag.
Mit dir saß ich im Mondlicht,

… meinend, das Erfreuliche sei wie das Schreckliche schön (Baudelaire), bis das Herz aufhöre zu schlagen, damit nichts mehr schön und nichts mehr schrecklich sei und überhaupt nichts mehr sei.

Ist Sprache also Vorwand zum utopischen Ort von nicht enden wollendem Aufeinanderzu und Voneinanderweg der Begegnungen?

Ist Sprache die verweiblichte Personifikation von Verwirrung?

Du wirkst verloren auf mich.
Winkeln,
sich krümmend um dich,
schenkst du den Schoß,
um zu passen.

Tu me parais perdue.
Enfouie au creux des sentiments, ruelles.
Aux recoins qui t´enserrent,
Tu offres ton giron, en acceptation.

Gerüche, Geschmäcker, Klänge, die Gemeinplätze verblassen lassen, vermengen sich mit Gesagtem und Gehörtem.

Meine Mutter Léa hat mich gelehrt: Die Wiederbelebung des KLEINEN WORTES, des Wörtchens *du petit mot* in Beziehungen ist eine Enthüllung von Gelegenheiten, ist Silphium für Leib, Herz und Verstand, aber auch inflationiertes Lockmittel zu Resonanzen über das immanent schöpferische Prinzip EROS.

ZUM ERSTEN von allen Göttern ersann die gebieterische Göttin Aphrodite den EROS. Wenn Frau und Mann zusammen die Keime der Liebe mischen, formt die Kraft, die diese Einheit in den Adern aus verschiedenem Blut bildet, wohlgebaute Körper, wenn sie nur die Mischung bewahren.

„Silphium", meinte meine Mutter Leá, sei Gewürz- und Allheilpflanze für und gegen alles. Das Gewürz gäbe es wirklich. Silphium wachse einzig in Libyen.

EROS sei der geheime Ort aller Wünsche und Hoffnungen,

> a. aller begehrenden Liebe,
> b. aller hingebenden Liebe,
> c. aller freundschaftlichen Liebe,
> d. aller Anteil nehmenden Liebe.

Ich will dir gut sein!

Lasst euch EROS nicht schmutzig machen. EROS ist das Fest der Sinne und deshalb von niemandem zu reglementieren.

Sprache ohne EROS ist Humus für Ausweglosigkeit und Verzweiflung.

Menschlicher Geist bedarf der Sprache. Doch wird Sprache niemals den Menschen befriedigen. Der menschliche Geist wird befriedigen, trotz fragwürdiger gesellschaftlichen Herrschaftsformen und trotz unzureichender Lebensarten.

3.

**Für Aviel aus Jerusalem
In krummem Erbarmen
Krimer sich af èjgen derbármen (Jidd.)**

Als gemeine, auf dem Schaum Allwissender und auf von süßen Zungen träufelndem Speichel wandelnde Pariserin erlaube ich mir, zu sprechen …

über die Entstehung der Welt,
über Götter und Halbgötter,
über Wirkungen der Götter auf den Menschen,

den Göttern vorwerfend, sie förderten, was menschlich verwerflich oder sogar menschlich unerwünscht sei;

den Göttern anhängend, sie seien von Grund auf unmenschlich und nur deshalb Halt gebend.

Deshalb sage ich euch in einem meine Gefühle nur unzureichend wiedergebendem Satz: Ich schmachte vor Haltlosigkeit! Der ejgener ich schlógde wi a kwal wegn hèfker! (Jidd.)

Ihr werdet mir vorwerfen, ich täte das in platter, geistloser, ekelhaft-widerlicher, beispielloser Frechheit, mit Aberwitz und mit Unsinn zusammengetragen.

Ich bemühe mich, zum Teufel mit stinkiger Toleranz, die Erscheinungsformen dieser Welt aufzuführen und deren geheime Wurzeln in

a. Mythologie

(einer von Ein-Gott-Religionen und ihren Führern wenig erwünschten, misstrauisch beäugten, systematischen Beschäftigung mit Mythen und Darstellungen in literarischer, wissenschaftlicher und religiöser Form),

b. Genealogie

(in Abstammungslehre, Ursprung, Herkunft und Abstammungsbewertung),

c. Kosmologie

(in der Schöpfungslehre, in der Lehre von der Welt, deren Ursprung, Entwicklung und grundlegenden Struktur), sowie in der künstlerischen Anknüpfung an alles Seiende und Nicht-Seiende, soweit es sich schickt.

Es gilt, das Schöne der Nachwelt in eindringlich schönem Gesang satter Bräuche gebetsmühlenmäßig zu erhalten und in rechte Worte zu fügen, auf dass ich rühme, was sein wird und was vorher gewesen ist.

Sich z´chapn af tájwel mit di tójwe und túchles losn in gemach. (Jidd.)

4.

**Der Mensch
Luctus et Gaudium. Wie steht es um Luctus,
Sohn des Aether, der Erde und der Trauer?**

Zuerst sei es mir erlaubt, exemplarisch, so wie er sich am besten befindet, den Menschen, ihn selber zuerst und zuletzt, den noch lebenden Menschen in der Welt vorzustellen.

Er hat Herrschaft über kein Ding in gleicher Weise, außer er ist allein für sich. Er besitzt von allem und allen Lebewesen Kenntnis und die meiste Kraft. So hat er über das, was existiert und dessen Umkehrung Herrschaft, da er der Umkehrung dessen, was ist, dem Nicht-Seienden, den Anfang gab.

Er weiß von dem, was sich mischt und dem, was abscheidet, vor allem, was noch existiert und allem, was nicht mehr da ist – und von allem anderen, nicht Gleichartigen.

Wie ich einmal in einem verbotenen Buch lesen hörte, dass der Mensch das Erhabenste, Ursache und Maß aller Dinge sei, erfreute ich mich sehr an dieser Tatsache. Es erschien mir in gewisser Weise sehr richtig, dass der Mensch die Ursache von allem sei. Und ich dachte, wenn sich das so verhielte, würde die Vernunft des Menschen alles ordnen und zurechtrücken, so, wie es sich am besten zueinander verhielte.

Als aber ein anderer Mensch mir erklärte, dass der Mensch in der Natur und bei allen Menschen Ursache aller unvernünftigen Ordnung sei, da erschien mir dieser Mensch wie ein Betrunkener gegenüber einem Nüchternen.

Der Mensch, welcher diese Annahme erklärte, „Der vernünftige Mensch sei die Ursache aller vernünftigen Ordnung!", setzte die Tüchtigkeit des Guten als den Grund des Seienden voraus und zwar als solches Prinzip, von welchem für alle Dinge Bewegung ausgehe.

5.

Es gibt nichts durchzustehen!
Nada por mantener les queda a volor üosibilidad
(Span.)
Für Carla aus Tarancón,
Castila-La-Mancha (Spanien)

Nichts gibt es nicht! Das sage ich euch! Darüber solltet ihr im Klaren sein.

Davon zu wissen, ist der erste Weg des Suchens. Wir sind Sterbliche, Nichtwissende, ziellos Wandelnde, häufig Kopflose. Denn Ohnmacht zwingt unsere Sinne.

Der Mensch müßigt sich, die Vielfalt menschlichen Verhaltens im Kampf um Ernährung, Zuwendung und Liebe im Allgemeinen zu betrachten und im Besonderen das Leben aller Seienden als solches auf der Erde, sowie den Charakter der Hochmächtigen, der von Gott erfüllten, der in Sehnsucht erweckten und der die Stimme erhebenden, ohne Gott zu schauen und zu lenken.

Ich find, es will nicht mehr gehen.
Es gibt nichts mehr durchzustehen für Wert und
Möglichkeit.
Verloren ist die Zeit.
Ich habe einen Tag verloren.
Bliebe ich ungeschoren?
Zu wessen Nutzen auch immer,
käme es nur noch schlimmer.

Man kehre um mein Verlangen.
Getrieben von kleinlichem Bangen,
kann ich die Lichtung nicht finden,
mich aus dem Trugschluss zu winden.

6.

Mit fünf Pferden der Einfalt.
Mit zes Paarderen van onnozelheid (Niederl.)
Für Lieke aus Nimwegen

Und sie ließen sich loben ihr Geschlecht und hießen sich ihre Stimme erheben um sich auszubreiten als diejenigen, die ohne Straucheln leben.

Die sechs Pferde der Einfalt:

a. Das Pferd mangelnder Deutlichkeit und Klarheit.
b. Das Pferd des fehlenden Nachdrucks.
c. Das Pferd ohne Gefühl für die Zeit.
d. Das Pferd ohne Bewusstheit für die Kürze des Lebens.
e. Das Pferd zügelloser Einbildungskraft.

Sie lassen ohne Fug und Recht auf dem Sonnenwagen in die gemütsarmen Abgründe der Verpuppung von Gedanken fahren. Sie sind in Art und Weise es wert, in den niedrigen Stand der Ehrerbietung „Um des lieben Friedens willen" versetzt zu werden.

Der Mensch erreicht ohne Ausstattung durch die verlangende Liebe niemals den Platz der Umkehr. Denn, so sehr er auch im Kopf wechselweise Trauer und Freude spürt, so auch wird er frisches Leid anderer Menschen in seinem Herzen nicht fühlen.

7.

Trau dem Frieden in der Welt nicht, da es niemals Frieden geben wird
Für Abu-Bakre (Syrien)

Wahrlich, wahrlich, ich sage euch, zuerst war gähnende Leere, Chaos, dann kam aus der schwarzen Nacht das Ego.

Der Mensch ist der Gedanken- und Glieder-Löser, der verständig Wollende, der Sinngebende.

Aus der Nacht kamen die Massen der Gestirne und der Tag. Der Mensch gebar den sicheren Weg, die beweispflichtige Behauptung, den verpflichtenden Nachweis, die reizvollen Aufenthalte in Experimenten für die Erkenntnis und das Wissen für etwas und um jemanden – und den Schwall der tosenden Wörterfälle.

Die Sprache des Menschen sei die des Vatikans? Sie entspräche ZUM EINEN hegelianischem Denken: Nach Hegel bestehe die Wahrheit im Zusammentreten von Beweis (Satz) und Gegenbeweis (Gegensatz) und in der Vereinigung in der Synthese

(Über-Satz). In der Synthese sieht Hegel alle Widersprüche aufgehoben.

Das entspricht der nachlässigen Hinterfragung.

Eine Hinterfragung und Unterscheidung der Geister im Folgenden fänden nicht statt. Deshalb fände man in vatikanischen Erörterungen und in den Dokumenten der Konzile gesicherte Wege zu Heil und in diesen das Gegenteil. Und deshalb habe der Mensch auch keine Probleme damit, gleichzeitig zwei Auffassungen zu verteidigen, sich gegenseitig aufhebende Auffassungen und in diesen widersinnige Auffassungen.

Der Mensch wagt es, bei den Muslimen in die Lehre zu gehen.

Der Gesang des Muezzins von den Minaretten über den Dächern ist wieder deutlich zu hören.

Die Frauen kleiden sich unauffällig, ihre Häupter verhüllend.

Junge Frauen bekennen sich zu Kopftuch und Scharia.

Religiöse Ansprachen, Widmungen, und Handlungen gelten wieder.

Das Amulett-Wesen bekommt Auftrieb.

Man bezeugt, dass es keinen anderen Gott gibt, außer Allah und dass der Prophet Mohammed sein Gesandter ist.

Die Muslime beten wieder – wie vorgeschrieben.

Sie zahlen ihre Pflichtsteuer, halten den Fastenmonat ein.

Und die Männer pilgern nach Medina oder Mekka.

8.

Puppenspiel
Teatro de titeres
Für Filipa da Santa Maria aus Maçãs de Dona Maria ,Concelho, (Portugal)

Der Mensch und seine überragenden Erfolge auf dem Gebiet der nachhaltig illuminierten

   a. Psychomachie,

(Allegorischer Kampf zwischen personifizierten Tugenden und Lastern (Prudentius, 348 bis 406).

Psychomachie übt auch heute noch auf den Menschen einen erheblichen Einfluss aus: Rechtsgläubigkeit, Keuschheit, Geduld, demütige Gesinnung, deren Gegensatz und deren Zuwider.

   b. Simonie,

(Nach Simon Magnus: Handel mit geist-ichen Dingen wie Sakramente, Weihung, Segnungen, Ablässen, Reliquien, kirchlichen Würden und Ämtern).

Die Macht der Gewissheit des unendlich Seienden, die das Schicksal der Menschheit bindet, und die enden wollende Lebensnotwendigkeit, die den Menschen in Fesseln hält, beide werden nicht zulassen, dass unsere Tugenden unveränderlich, unsere Einsichten endgültig sind und unser Hoffen versiegt, geschweige, dass es künftig an Wundern mangelt.

Der Mensch muss erkennen und sagen: SEIN ist! Es muss sein. Denn NICHT-SEIN ist nicht. Ich warne vor dem Weg des Suchens.

Hilflosigkeit treibt schwankenden Sinn in die Brust. Der Mensch wird dahintreiben, taub und blind und vor den Kopf gestoßen. Denn eines kann er nicht erzwingen: Das NICHT-SEIN!

Werden und Vergehen, Sein und Nicht-Sein sind für den Menschen wie ein Spaziergang,

    a. um Welten wie Orte zu wechseln,
    b. die Herstellung von Wissen zu geloben,
    c. Besonnenheit in Langsamkeit zu üben,
    d. Gerechtigkeit zu fordern,
    e. Tapferkeit zu inszenieren,
    f. Weisheiten von sich zu geben.

Ist der Menschen so, als würde ihm an etwas mangeln? Ist er in seinen Grenzen mit sich selbst im Gleichklang harmonisch?

9.

Alltag der Welt
Everyday life of the world
Für Cherub, London (Großbritanien)

Der Mensch ist zuständig für …

    a. das Sakraltranszendente,

für in der modernen Chemie begründeten Esoterik, für sakrale Musik, für sakrale Sprache, die angeblich heilende und heilige Wirkung entfaltet, für Räume mit religiösen Funktionen, für den Gebrauch von Drogen (Pharmakologie), ja selbst für sogenannte Massage-Praxen und Massage-Behandlungen als Therapie,

    b. Spiritualität,

für deren Wirkung auf den Geistmenschen, auf Geistigkeit, Vergeistigung, auf Geistliches in spezifisch religiösem Sinn, für geistige Verbindung zum Transzendenten, die gewohnte Realität übersteigt,

    c. Parapsychologie,

für ein fragwürdiges Bemühen, das Anspruch erhebt auf Wissenschaftlichkeit bei Untersuchung angeblich außergewöhnlicher psychischer Fähigkeiten, die den normalen Verstand des Menschen überschreiten und deshalb keine Erklärungsmöglichkeiten liefern,

d. Präkognition,

für die Befähigung zu angeblicher Vorhersage eines Ereignisses oder Sachverhaltes aus der Zukunft, ohne dass hierfür Anhaltspunkte bestünden,

e. Telepathie,

für die Übertragung von Informationen, möglicherweise sogar von Befindlichkeiten zwischen Menschen,

f. Telekinese,

für angebliche Bewegungen oder Wanderbewegungen von Gegenständen, die durch rein geistige Leistungen bzw. Einflussnahmen hervorgerufen werden können,

g. Apport-Phänomenologie,

für Wirkungen aus Religion und Spiritualität aus der Welt des Übersinnlichen, für das Heranbringen von Objekten, Gegenständen, ohne dass ein erkennbarer Kontakt zu diesen besteht,

h. Stigmatisation,

für Auftreten von Wundmalen Christi am Körper eines Christenmenschen.

Empfehlung an Cherup in London: Für immer und ewig, Cherup, beim Teufel, mach´ etwas aus dir, du pfeife! Forever and ever, bim tajwel, mach eppis, du Pfiffer! (Amerik.-Jidd.)

Der Mensch ist Nahrungsgebender für Interpretationen der von Parmenides von Ela (gestorben um 483) in Hexametern verfassten Lehrgedichten über die Alltagswahrnehmung in der Welt als einer Scheinwelt.

Parmenides von Elea hat sich mehr als das Seiende selbst aus dem Seienden erhoben. Er weiß alle Antworten über Fragen zum Sein, alle Antworten auf Fragen der Einheit und Schlüssigkeit, alle Antworten nach dem ersten Prinzip alles Seienden, denn dasjenige, woraus alles Seiende sei und woraus es aus dem ERSTEN entstünde und worin es zuletzt untergehe, ist ihm des RECHTEN BEDENKENS und in Worte fassen wert.

Haben die Menschen objektives Wissen? Oder lassen sie sich von Meinungen führen, deren Grundlagen und Quellen niemand wirklich kennt?

Der Mensch plagt sich mit Doppelerscheinungen: Das Prinzip des Seienden sei Element und Wechsel der Beschaffenheit. Es müsse eine Wesenheit vorhanden sein, aus der alles ANDERE entstehe. Es könnte ein Gott sein, der alles belebe. Die Wesenheit könnte aber auch das Wasser als oberstes Prinzip sein, was erkläre, warum die Erde zu über 70 % auf dem Wasser sei und das Wachstum und die Nahrung aller Menschen und Dinge feucht sei und dadurch die Samen aller Dinge feuchter Natur seien, das Wasser das erste Prinzip des Wesens aller Dinge sei – und die notwendige Wärme für Leben selbst wieder aus dem Feuchten entstehe.

Doch: Woher kam das Waser?

10.

Niemand kann sich für einen anderen
irgendetwas versprechen lassen
Divino spiritu afflatus –
Alteri stipulari nemo potest
Für Sebastiano, Rom (Italien)

An Gott nicht glauben ist für den Menschen unnütz. An Gott glauben ist für den Menschen ebenso unnütz.

Unglaube grenzt sich von Klugheit ab. Deshalb scheint Nicht-Glaube ungewöhnlich, erstaunlich und schwierig.

Von Gott erfüllt sein ist nützlich, da es den Gottgläubigen anscheinend endlich nicht um die weltlichen Güter zu tun ist.

Der nicht an Gott glaubt, hebt das Unnütze gegen die Klugheit hervor, während er sich ungestüm und unverhältnismäßig aufschwellen fühlt.

Der Ungläubige bekräftig bei jeder Gelegenheit wie folgt:

Was für den gottgläubigen Menschen das Wirken in Gottes Hand sei, sei für den Ungläubigen dialektisches Denken.

Nach diesem greife der Ungläubige, um für sich selbst und für andere als tüchtig und aufgeklärt zu gelten, und um in Verzauberung für unerfülltes Gutes sich festzubeißen.

In Verzauberung lebe der Ungläubige. Doch seien seine Worte nur das Stammeln vor der Allgewalt eines strahlenglänzenden Gottes. Seine Worte seien kümmerliches Mittel, Intelligenz gegen Klugheit auszuspielen.

Mitmenschliches Verhalten – mahnt der Gotterfüllte – führe zu keinen Erkenntnissen, wohl aber zu Gott. Das Göttliche herrsche so weit es will und es genüge allem.

11.

Vernunft zeigt sich erkenntlich, jedoch nicht wissend
Für Francesca aus dem Cannaregio, Venedig (Italien)

Der Mensch ist ein Wortkünstler. Das reine Wort wird dem Menschen immer zweifelhaft erscheinen, sowohl bevor es ausgesprochen ist, als auch nachdem es gesagt ist.

Wer war der erste Mensch, der den Dingen einen Namen gab? Nur dieser könnte die Auflösung der in einem Wort enthaltenen Welt und dessen Genese gemäß der Notwendigkeit bringen bzw. erwirken.

In dieser Hinsicht ist der Mensch immer noch unerfahren, trotz aller Erfahrung mit Wörtern, unerfahren für das einzelne (in sich ruhende) Wort und für dessen Wesen, unerfahren für ursprüngliche Erklärungen, wie sich jedes einzelne Wort in wechselnden Umständen und Zuständen verändert; dem einen bleibt verborgen, wie der andere das Wort im Schlaf benutzt und wie im Wachzustand. Deshalb versteht und wechselt man Wörter nur über die gemeinsame Vernunft.

Da der Mensch in seiner Not dem Wort auferlegt hat, beweglich zu sein, ist alles nur Name, was er, der Mensch sagt, vorgebend, der Name sei wahr. Dabei befindet sich das Wort immerzu im Entstehen und

Vergehen, im Wechsel des Ortes und der Zeit, im Wandel des Aussehens.

Hier zeigt sich Vernunft nur erkenntlich, aber nicht wissend.

Der Mensch betreibt Tauschhandel mit Wörtern. So die keltische Gottheit Brighid, die Natur betrachtende Gottheit Brighid, die aufgeregte und ergriffene Gottheit Brighid, die strahlende Gottheit Brighid, deren Machtfülle und Zaubersprüche im Zustand der Verwirrung …

    a. Dichter, Handwerker, Musikanten mit Wörtern fördert,

    b. Kranke mit Wörtern führt und beschützt,

    c. Gebärenden mit Wörtern hilft, Kinder auf die Welt zu bringen,

    d. Kriegshandwerker mit Wörtern ermächtigt, Menschen zu töten.

Die göttliche Brighid spielt in Wörtern mit den Elementen Feuer und Wasser, Luft und Erde, welche sie jedoch bei dem Versuch, sie zu harmonisieren, in nicht beherrschter Begeisterung vertauscht.

12.

Die einzig vernünftige Person
La seule Personne sensés
Für Jacques aus Saint-Dizier-La-Tour
(Frankreich)

Der Mensch meint, er sei der einzige Vernünftige. Deshalb will er nicht und will er doch gehört werden.

In sinnfällige Ströme steigt der Mensch – oder er steigt nicht.

„Wenn ihr mich nicht hören wollt, dann haltet euch wenigstens an die Vernunft. Es ist ratsam, mit der Vernunft und mir übereinzustimmen. Denn es ist vernünftig, mich und meinen Sinn zu verstehen, der alles durch alles hindurch steuert!"

Nährt doch die Vernunft alle menschlichen Gesetze. Wenn der Mensch mit Vernunft reden will, muss er sich auf Gemeinsames stützen. Doch die Natur der Dinge liebt es, sich zu verbergen. Einerseits vereinigt sich alles durch Liebe zu jemandem, andererseits trennt sich das Vereinende durch Streit. Wenn man nur eines von beiden beherrschen gelernt hat, wird das Verbindende zum Streitfall.

Der Mensch kam mit anderen Menschen überein, zwei Zustände mit Namen zu benennen: TAG und NACHT, das alles verzehrende Licht und das Dunkel, dicht und schwer in Gestalt.

Als Tag und Nacht benannt waren, erschufen die Menschen DIE UNSICHTBARE NACHT, die dem sichtbaren Tag und der sichtbaren Nacht gleichermaßen mächtig ist:

Erdrückende Armut, entehrender Mangel, fortdauernde Not, Hunger, Angst, Gewalt, Terror und Tod.

13.

Das kleinstmögliche Maß
Mitquala saratin
Für Hussein, Tulkarm (Palästinensische Autonomiegebiete)

Wenn möglich, wünschte der Mensch die mystische Vereinigung mit Gott. Der Mensch als Saft saugendes Wesen aus der Nahrungsquelle Gott, weil die Nahrungsquelle Gott Liebesgedanken aufwirbelt, die man gerne zusammen mit Gedanken der Eintracht mit Gott und anderen Menschen hegt, vollendet und zur Wonne führt.

Aller Menschen Schicksal nimmt einen unrühmlichen Gang. Alle Elemente und Kräfte dieser Welt sind gleich stark, doch hat jedes Element eine andere Zuständigkeit und eine besondere Aufgabe.

Abwechselnd gewinnt im Laufe der Zeit das eine oder das andere Element die Oberhand. Einstmals waren alle Dinge in Menge und Maß beisammen.

Das kleinste mögliche Maß? Dann sind die Dinge auseinandergestoben, aus welchen Gründen auch immer. Man muss wohl annehmen, dass Menschen und Sachen dahin streben, sich wieder zusammenzufügen.

Was sich füge, seien Farben, Lebewesen, Wohnstätten, fruchttragende Äcker, Mond und Sonne, die Gestirne, das Feuchte und das Trockene, das Heiße und das Kalte, das Helle und das Dunkle.

Somit habe EINES an allem Teil.

Es bleibt noch die Ungewissheit des einzig richtigen Weges. An diesem stehen viele Leuchttürme. Der richtige Weg ist nicht das Vergangene, nicht das Zukünftige, Er ist das JETZT, ungeboren und verderblich und einzigartig. Von woher ist sein Ursprung? Von woher ist er entstanden?

Können menschliche Kraft und Überzeugung zulassen, dass neben Gegenwärtigem anderes entsteht?

JETZT ist nicht teilbar. Es ist weder mehr noch weniger. JETZT ist voll. Es ist überall vollendet, denn es kann nicht da und nicht dort schwächer sein.

So vernehme die Kunde, welcher Weg des Suchens und Fragens alleine denkbar ist: Nur im JETZT kann der Mensch Vergangenes und Zukünftiges erkennen, begreifen, da nicht sein kann, dass Überzeugung zur Wahrheit gehört.

14.

Niemand kann auf Dauer eine
Maske tragen
Nemo enim potest personam
diu ferre
Für Pietro, Venedig (Venedig)

Das TUN erkennen, ist dasselbe wie tun. Ohne das Tun, das der Erkenntnis Bestand gibt, wird der Mensch keine Erkenntnis finden. Denn nichts ist anders oder wird anders sein, ohne das Tun. Das Geschick des Menschen ist gebunden an das Tun, was jedes NICHT-TUN miteinschließt.

Vertrauend, dies sei wahr, TUE ICH, erzwungen nach Gewohnheit, überrascht, mich besinnend, häufig irrend, prüfend und verkündend – oder auch nicht.

Folgende Grundsätze übt und bewahrt der Mensch:

    a. Grundsatz der Gemeinschaft.
    b. Grundsatz der Besonnenheit.
    c. Grundsatz der Rücksichtnahme.
    d. Grundsatz der Toleranz.

Der Mensch ist zugänglich für acht Zustände und Sachen:

    a. für Zugehörigkeit,
    b. für den hinreichend guten Dialog,

c. für die Formen individueller Tüchtigkeit und Nachahmung,
d. für verschiedene Arten des Könnens,
e. für Herstellen (Erwerb) von Wissen,
f. für die Eigenart anderer Menschen,
g. für Teile des Gesichts und der Glieder, für Mund, Augen, Nase, Ohren, Arme, Hände,
h. für Erleiden von Unrecht.

15.
Vollbringen ohne Handeln
Für Adrian aus den Pyrénées-Atlantiques
(Frankreich)

Es gibt die einen und die anderen und die tapferen, aber ungerechten Menschen.

Freilich gibt es auch die Gefügigen und Tugendsamen.

Lasst uns wissen, welche Art des Tuns den Menschen begeistert. TUN wird durch Leistung definiert, von der es den besonderen Namen erwirbt. Fromm sein ist nicht gleichzusetzen mit GERECHT SEIN. Der Mensch wird Mitmenschen finden, die fromm sind, aber ungerecht, ungebremst und unbändig. Und er wird andere Finden die gerecht, aber unversöhnlich sind, und solche, die in hohem Maß gebildet, aber unverständig sind, und solche, die dreist tapfer sind.

Und überhaupt ist in allen Dingen, wenn der Mensch darauf hinaus will, der Unkundige dreister als der Kundige.

Sind alle Dreisten auch tapfer?

Sie unter einen Hut zu bringen, wäre zu schön.

Wenn ja, ist Tapferkeit erwünscht? Wo bleibt die Tapferkeit der Bescheidenen? Hat Tüchtigkeit mit GUT-SEIN zu tun? Ist Tüchtigkeit eine Idee des GUTEN?

16.

Die Liebe ist Schönheit
L´amour est Beauté
Für Alisah, Jerusalem (Israel)

Ist die Liebe eine andere Art von Schönheit, eine besondere Grundform des Schönen für das Gute? Ihre Grundlage ist die Idee, von der ein bestimmtes Seiendes zu individueller Größe aufsteigt, genannt der/die Liebende.

Liebe erfahren dürfen, bedeutet, in Erfahrungs-ebenen des Schönen emporzusteigen.

Wo hat Demut ihren Ursprung? Aus was soll sie gewachsen sein? Eigene Demut kann man weder öffentlich sagen, noch kann ich sie vertreten, noch kann ich sie denken.

Demut ist ohne Liebe und Tun unsagbar und undenkbar. Der Mensch kann einen anderen Menschen nicht zur Demut zwingen. Demut kann nicht frei gegeben werden, wie ein Gedanke oder ein Privileg. Sie ist nicht MEHR-ODER-WENIGER an Haltung.

Es ist zwingend für den Menschen, Ordnungsregeln zu erkennen und vielschichtige, heftige, ja sogar widersprüchliche Auseinandersetzungen in die Wege zu leiten, wenn

    a. das Denken,
    b. das Meinen,
    c. das Wahrnehmen,
    d. das Erkennen,
    e. das Empfinden

von Liebe in Gefahr ist.

17.

Vernunft und Rhetorik
Raison et rhetorique
Für Paul aus Paris (Frankreich)

Ein Konzept rhetorische Vernunft erfordert

    a. sachliches und begriffliches Denken,
    b. kognitiver Vermögen der Ableitung von Gedachtem in treffende und richtige Worte,

    c. geistiges und emotionales Vermögen der Reflexion und Ableitung auf die Richtigkeit von Gedachtem und Ausgesprochenem,
    d. Suchen nach Formen der Einfachheit von etwas für jemanden,
    e. Offenlegung und Verbreitung eines Sachverhaltes in Worten nach Regeln der Würde der Menschen.

18.

Glanz des Zweifels
Splendore di dubbio
Für Ima, Venedig (Italien)

Manche Menschen haben wenig Lust an Zweifeln. Zweifeln bedeutet ihnen eher der FAHRPLAN IN DIE HÖLLE.

Nicht so Ima.

Der Mensch als solcher unterscheidet

    a. den einhaftigen Zweifel,
    b. den zweihaftige Zweifel,
    c. den dreihaftigen Zweifel.

Der einhaftige Zweifel ist derjenige, der sichtbar macht, das Gesprochenes und Gehörtes oder Denkbares und Sichtbares sich ungleich zueinander verhalten.

Der zweihaftige Zweifel ist derjenige, der sich als Folge des Gefallens, des Begehrens oder Erstrebens offenbart. Man denke zum Beispiel an das Streben nach Glück und nach Gütern und die Umkehr dessen bzw. das Verhältnis Güter und Vernunftsfähigkeit.

Der dreihaftige Zweifel liegt in der Welt sinnlicher Wahrnehmung sowie der Befindlichkeit an sich, in der Anschauung des Seienden und der Dinge sowie des Werdenden und des Vergehenden, des Handelns in der Welt und des Streben nach Verähnlichung mit Gott, oder gar Streben nach Verähnlichung mit einem vollkommenen Menschen.

Zweifel bleiben haften. Sie sind aber auch ein Privileg, Freiheit gebend in tragendem Aufwind und in Ermutigung.

Hier stellt sich unausweichlich die Frage nach dem Wert des Menschen. Indem der Mensch sich im Gemeinwesen sichtbar macht, versteht er sich als Person – und zwar kostbar und zerbrechlich, definierbar und erkennbar in der irdischen Welt.

Der Mensch lebt jedoch in drei Welten:

Zum einen lebt er in einer Welt der Versorgung und des Strebens nach Lebensfähigkeit, in einer feindlichen, irdischen Welt.

Zum anderen lebt er in der Welt des nicht systematischen Denkens und der Mystik, in einer allen Zufällen überstellten Welt.

Zum dritten lebt er in einer dem Religiösen, von Gott erfüllten, Gott überstellten Welt.

Ich will behaupten, Vergöttlichung der Welt führt zur Entmenschlichung des Menschen.

Der an Gott glaubt, meint eine höhere Macht, einer entschieden planenden und anordnende, homogenen Autorität überantwortet zu sein, mit dem Nutzen religiöser Aussagen und moralischer Grundsätze und dem Anspruch auf ein Netz, das vor dem freien Fall ins absolute Nichts beschützen soll.

Der nicht an Gott glaubt, bleibt sich selbst und seinesgleichen überlassen bzw. verantwortlich. Mag sein, dass er weniger naiv, weniger stabil, weniger robust und weniger widerstandsfähig ist.

19.

Ritter Christi
Miles christianus (Lat.)
Für Bauer Calvus aus Bayern (Deutschland),
welcher
Petrarca verehrt

Des Menschen Pflicht und Postulat sei es, immer ein wenig mehr zu tun als das, was er tun muss.

Petrarca, Geboren am 20. Juli 1304 in Arezzo; gestorben am 19. Juli 1374, der Abgott seiner Zeit, nahm dieses Postulat insofern für sich in Anspruch, als er schon zu seinen Lebzeiten für seinen eigenen Ruhm und Nachruhm sorgte.

Petrarca – sagt man – sei ruhmessüchtig gewesen und nach Lorbeer gierig. Er hat Ruhm gesucht und zu seinem Lebensinhalt gemacht, indem er immer etwas mehr hinzutat, als er hätte hinzutun müssen. Er stilisierte seine Lebensgeschichte und machte so aus dieser eine Ruhmesgeschichte.

Freunde, was sagt ihr dazu: Der Mensch ist ein Werk des Teufels. Gott und Teufel regieren gleichberechtigt die Welt. Beide garantieren die Freiheit des Menschen?

Der Mensch ist im Grunde für das Glück und für Wohlstand aller Mitmenschen zuständig?

„Mir sprichst du aus der Seele!", sagte Bauer Calvus, aus Deutschland am Montag, 2. Februar 2015, anlässlich eines unangemeldeten und deshalb überraschenden, aber angenehmen Besuches.

Zu mir, Marie Au Porte Légère, sagte er das.

II.

Andere Menschen

1.

Mein Vater Mathéo über Herrschaft und Freiheit

Vater Mathéos Vorstellungen von Herrschaftsformen und deren Wirkungen in Wörter gefasst und
kommentiert:

Despotie?

Despotie ist eine Staatsform, die in der Welt häufig
als Demokratie ausgewiesen und von despotisch
Herrschenden mit der Notwendigkeit der Förderung
des Gemeinwohls begründet und repräsentiert wird.

Heute: Despotische Staaten in Afrika: Äquatorial
Guinea, Eritrea, Kamerun, Swasiland, Sudan,
Tschad. Despotische Staaten in Amerika: Venezuela, Nicaragua. Despotische Staaten Im Kommen,
in Europa: Türkei, Ungarn …

Das Staatsoberhaupt, der Despot, übt die uneinge-
schränkte Macht aus, indem er vorgibt, zwangsweise
sein Volk beglücken zu müssen und das Recht auf
Teilhabe aller bei allem, was ist, sichern zu wollen.

Der Despot sichert seine Macht durch systematisch
betriebene Falschinformationen für die Massen und
durch die Lüge, alle außerhalb seiner Macht ste-

henden Mächtigen seien für das Elend in seinen Grenzen in böser Absicht verantwortlich (Aktuell: Siehe Venezuela).

In diesem Milieu entwickeln sich Massenmörder. Der Despot betreibt die systematische Vernichtung seiner Feinde. Er führt Kriege gegen sein eigenes Volk, um seine Macht – koste es was es wolle – zu halten.

2.

Rafael Leónidas Trujillo Molina
(Er nahm die Gastfreundschaft von Paris in Anspruch)

Trujillo, (geboren am 24. Oktober 1891 in San Cristóbal; verstorben am 30. Mai 1961 in Santo Domingo) war ein dominikanischer Politiker und Despot der Dominikanischen Republik.

Er wuchs in ärmlichen Verhältnissen auf. Ab seinem neunzehnten Lebensjahr begann er eine Laufbahn als Kleinkrimineller. Er raubte Vieh. Er fälschte Schecks und entwendete Geldbeträge.

Trujillos große Stunde kam mit der US-Amerikanischen Okkupation des Landes (1916 – 1924). Er trat 1918 in die neu geschaffene Nationalgarde ein, in der er eine Offizierskarriere einschlug und 1924 bereits den Rang eines Majors bekleidete. 1927 verließ Trujillo die Gardia Nacional und trat in die Brigada Nacional über. Er wurde innerhalb von 10 Jahren General.

Im März 1930 putschte er gegen Präsident Horacio Vásquez, mit Unterstützung US-Amerikanischer Truppen.

Neuer Präsident wurde Estrella Urena. Wenige Monate später, im August des Jahres 1930, entmachtete Trujillo, der Despot, diesen und ließ sich selbst zum Präsidenten ausrufen.

Jetzt so mächtig wie nie zuvor, setzte Trujillo alles daran, die Macht zu erhalten. Er gründete eine eigene Partei, die Partido Domenicano, und verbot sämtliche anderen politischen Gruppierungen. Er unterdrückte demokratische Bestrebungen, er unterband Opposition und die freie Meinungsäußerung. Und er ließ alle vermeintlichen und tatsächlichen Gegner mit brutaler Härte einsperren oder umbringen.

1932 legte sich Trujillo den Titel „Wohltäter des Vaterlandes", *Benefactor de la Patria* und den Titel „Vater des neuen Vaterlandes", *Padre de la Patria Nueva,* zu.

Im Jahr 1937 ließ er 27000 schwarze Zuckerrohrarbeiter aus Haiti ermorden. Das Schicksal dieses Volkes sei bedauerlich, aber es sei Gottes Wille! (Meinte er!).

Trujillo pflegte bis fast zum Ende seiner Herrschaft enge und gute Beziehungen zu den Vereinigten Staaten von Amerika und zur katholischen Kirche. 1954 besuchte er Papst Pius XII. im Vatikan. Er unterzeichnete ein Konkordat zwischen dem Heiligen Stuhl und der Dominikanischen Republik.

Am 30. Mai 1961 wurde er erschossen. Sein Leichnam wurde von seinem Sohn nach Paris überführt und auf dem Friedhof Père Lachaise zunächst bestattet.

3.

Jean-Claude Duvalier, genannt Baby Doc (Er verpulverte das seinem Volk entwendete Geld in Paris)

Duvalier, (geboren am 3. Juli 1951 in Port-au-Prince; verstorben am 4. Oktober 2014), war haitianischer Politiker. Er war von 1971 bis 1986 diktatorisch regierender Präsident seines Landes.

Diktatur ist eine Staatsform, in der eine einzelne Person, auf welchem Weg auch immer, zum Führer, Diktator erhoben wird. Möglicherweise über das Militär oder über Geld, oder mittels Ideologien oder infolge religiöser Herrschaftsansprüche.

Diktator, Gewaltherrscher, ist jemand, der für die Menschen seiner Wahl alle Türen von innen, und wenn möglich, auch von außen verschließt, einschließlich evtl. der Toilettentüren (Ort der Verschwörung), und niemanden unkontrolliert – wenn überhaupt – hinein und hinaus lässt.

Ein Diktator handelt, tut unkontrolliert, spricht bösartig, mit Pathos und mit Engelszungen. Er beschimpft die anderen Mächtigen und Mächte. Er wäre gerne der Übervater der Menschheit. Falls von ihm für erforderlich gehalten, karrt er tausende von Menschen zu seiner Bejubelung zu sich (Beispiel: Die angebliche Demokratische Volksrepublik, Nordkorea; Staatsoberhaupt Kim Jong un). Ins Detail versessen, trägt ein Diktator immer eine Maske. Er kann es sich leisten, ein Todesurteil auszusprechen, bevor ein ordentliches Gericht im Prozess zu einem Urteil kommt.

Duvalier, Baby Doc, war ein *Diktator von Gottes Gnaden.* In Haiti ist die römisch-katholische Kirche Staatskirche. Papa Doc´s Machtergreifung war von den USA erwünscht und gefördert.

Das evangelikale Netzwork „The Family half", zusammen mit einigen einflussreichen Mitgliedern des „US Senate Committee of Foreign Relations" halfen, die Machtergreifung Duvaliers zu verwirklichen.

„The Family half" betrachte fortan Papa Doc´s Regierung als Verwirklichung ihres Wunschtraumes: Eine von Gott gewollte, autoritär geführte Nation. So entwickelte sich unter dem Schutz der USA und der Katholischen Kirche eine große Diktatur und Kleptokratie.

Ihr Gewaltherrscher, Papa Doc, lebte im Jet Set und in unbegrenztem Luxus, während große Teile des Volkes verhungerten. Haiti hatte fast immer in seiner

Geschichte unter Gewaltherrschern und Kleptokraten zu leiden.

Nach seiner Entmachtung hielt sich Duvalier einige Zeit luxuriös in zwei Wohnungen in Paris auf. Einmal setzte ihn die französische Regierung unter Hausarrest.

Duvalier versuchte vergeblich die Ausreise in ein Land, das ihm Asyl gewähren würde, zu realisieren, aber die ihn interessierenden Länder lehnten seine Einreise ab.

Nachdem 2004 die Regierung Aristide gestürzt worden war, erklärte Duvalier, dass er nach Haiti zurückkommen wolle, um an der Präsidentenwahl 2005 als Kandidat der *Parti National Uni* teilzunehmen. Dazu kam es jedoch nicht.

Duvalier lebte bis Anfang 2011 mit einer Jugendfreundin, Véronique Roy, zusammen in einem Ein-Zimmer-Apartment in Paris.

4.

Treulos, haltlos

Kleptokratie?

Der Kleptokrat bedient sich stehlender Gesetze. Kleptokratie ist eine Herrschaftsform, in der die Herrschenden willkürlich, in der Regel durch willkürliche Gesetze und Verordnungen legitimierte Verfügungsgewalt über Eigentum, Besitz und Einkünfte der breiten Masse eines Volkes, quasi der für ihn „Kleinen Leute", haben. Die politisch, finanzpolitisch, sozial, wirtschaftlich oder rechtlich einflussreichen Kleptokraten schaffen fortwährend Gesetze und Verordnungen (oder lassen diese Schaffen) nach ihrem Bedarf, angeblich um Rechtssicherheit herbei zu führen, in Wirklichkeit, weil es für Kleptokraten nichts unter der Sonne gibt, was ihnen nicht gehören könnte oder sollte.

Soziale und Rechtssicherheit wird nur insoweit garantiert, als diese denjenigen nachhaltig begünstigt, der Kraft seines Amtes sich unbegrenzt bereichern kann. Der tägliche Diebstahl ist die Regel, woraus zu schließen ist, dass die ganze Welt den Dieben und Räubern gehört.

Der Staat legitimiert den Diebstahl, die Räuber und das Diebesgut. Der Staat hilft, Raubzüge zu organisieren und zum Erfolg zu führen.

Dazu gibt es Maßstäbe im Siegeszeichen Victory:

Er: „Muss ich mich durch das Geschwätz niedriger Organe verwirren lassen?"

Was in dieser Denkweise, „Keines Menschen Meinung wird mich je beirren!" unrechtes Denken und grundlegendes Verständnis von der Welt in scheinbar zeitloser Gültigkeit darstellt, ist fehlender Wirklichkeitssinn und der gedankliche Rückgriff auf die höchst mögliche Illusion, im Besitz der Weltformel und eines legitimierenden Werte-Systems zu sein. Dieser Sachverhalt ist ein gefährlich steiler Abhang, ein Abgrund zwischen Sein und Schein. Er wird zum Leidwesen aller Menschen irgendwann einen tragischen Ausgang nehmen.

Hat dieser, der auf Kleptokratie denkt, nicht begriffen, dass die Wirklichkeit sowohl einen ERKENNBAREN und einen nur SCHEINBAREN Teil enthält und dass das Scheinbare das Unzuverlässige ist?

Kommunismus? Der Kommunismus ist eine Herrschaftsform, deren offizielles politisches Ziel eine klassenlose Gesellschaft ist, in der das private Eigentum an den Produktionsmitteln nicht mehr einschlägig oder gar nicht mehr existiert. Kommunismus endete bisher immer im Vakuum entarteter Kastengesellschaften. Ohne Feinde kann sich Kommunismus bei den Menschen nicht halten.

Warnung: Freunde und ihr Menschen satter Bäuche, ihr niedrig Denkenden der Gesellschaft des Kapitals und der Hegemonie, vergesst nicht: Ihn gibt es noch, den ARBEITER. Er arbeitet unter der Erde, auf der Erde und über der Erde. Auch wenn er im Krieg der Moderne als Stinker und Dummerjahn abgetan wird, angeblich mit keinen höheren Fähigkeiten und Fertigkeiten ausgestattet, nicht selten als Nörgler und Meckerer beschimpft wird.

Es gibt ihn! Ein ARBEITER ist derjenige, welcher in einer fragilen Welt, in der nichts sicher scheint, Erfindungsreichtum praktiziert, um zu überleben, um mit verfänglichen Risiken anderer und den misslichen eigenen zu Recht zu kommen. Das zieht nach sich, dass er mit der leidigen Gefahr der Ausgrenzung und mit der Erfahrung sozialer Unsicherheit leben muss. Ein Ende der Arbeitergesellschaft wird es dennoch nicht geben.

Plutokratie? Plutokratie ist die Herrschaft durch angehäuftes Vermögen, oft als demokratische Herrschaftsform ausgegeben, da Mächtige die Machtverhältnisse trotz verfassungsgemäßer Ordnung SO VERPACKEN, dass ihr Wirken nicht durchschaubar bzw. nachvollziehbar ist. Was drinnen ist, muss nicht darauf stehen! Plutokraten geben sich zufrieden mit dem KLEINEM GLÜCK der Mitmenschen und angeblich freien Bürger. Sie ignorieren alle Grenzen.

Der Plutokrat will die zwangsweise Beglückung der ganzen Welt, weil er in dieser Art Verständnis von Demokratie und Freiheit (Synonym: Besitz und Eigentum) die alles erfüllende und edle Lebensart sieht.

Die Zwangsbeglückung der Welt setzt der Plutokrat, wenn erforderlich oder anders nicht möglich, ideologisch, moralisch oder religiös begründet oder mit Kriegshandlungen durch.

Gegen die Achse des Bösen? Wo heraus ziehen wir den Schluss, dass die uns umgebende Demokratie z. B. in Frankreich oder Deutschland eine an-ständige sei? Was verleidet uns, die gewählten Repräsentanten wohlwollend und tolerant zu begreifen?

Unterstellen wir ihnen, sie würden geplant und geordnet Gemeinwohl und Gerechtigkeit anstreben? Ist diese Art Demokratie eine anständige und beständige Gesellschaftsform?

Theokratie? Theokratien gibt es in der westlichen Hemisphäre nicht wirklich. Theokratie ist eine Herrschaftsform, in der alle Staatsgewalt alleine durch RELIGIO, durch Rückbindung an unterschiedlich kulturelle Phänomene von Glauben (Mythen) und durch die Welt von Gottheiten legitimiert ist.

Wenig beachtet ist in diesem Zusammenhang DER STAAT IM STAATE, die Herrschaft sakraler Institutionen, aufbereitet in Garantien und Sonderrechten auf der Grundlage von Privilegien, Prinzipien oder Konkordaten.

Die Wahrheit aus dem Glauben soll nur denen zu Teil werden, die das Recht haben, einer kirchlichen Institution anzugehören.

Die Theokratie schließt alle Nicht-Gläubigen von ihrer Art Wahrheit aus, da kein anderer sicher sein darf, ihre Wahrheit zu besitzen. Demokratie und Kirche vertragen sich nicht.

Theokratie:

In der Öffnung zur Nacht, zur Eiseskälte,
Zu Beginn eines Graupelschauers, quälte
Ich mich aus dem Erdbruch, in der Mitte
Des Gemeinplatzes. Du! Schau mich an

Bitte nicht berühren!

Ich war rauchgeschwärzt, in der Enge
Der lodernden Feuer. In der Senge
Der Gluthaufen verschmorten Zehrgeld Angst, Sitte,
Murrsinn, Opfergeist und Trödel Pflicht
Bitte nicht berühren!

Der Mundvorrat an seichter Lust, verzehrt!
Ich zipper nicht nach deiner Liebe. Wer begehrt,
Wer dich anlangt, steckt dich weg. Ich bin kein
Schnappsack, kein Besorger, nicht froschkalt.
Bitte nicht berühren!

A l´ouverture de lan nuit, de la froidure hivernale,
au début d´une giboulée je m´extirpai
des entrailles de la terre, au milieu
de la place. Regarde! Me voici! S´il vous plaît,
ne pas toucher!

J´étais noirci, dans l´épaisseur de moncorps,
par la fumée d´un feu dévorant. Mes viatiques
de peur, moeurs, morosité, esprit de sacrifice
et bric à brac de devoirs disparaissainent dans
les braises ardentes. S´il vous plait,
ne pas toucher!

Les provisions de plaisirs insipides, consommées!
Je ne convoite pas to lucarne. Celui qui désire,
celui qui te toche,te rejette. Je ne suis
ni un havresac, ni un fournisseur, ni froid comme
une grenouille.
Non, ne pas toucher!

Allen Feinden Gottes und jenen, die verweigern, was die Kirche lehrt, und denjenigen, die andere vom Glauben abhalten wollen, gilt die theokratische Kriegsführung.

Es gibt viele Beinahe-Theokratien in der Welt. Als FRANQUISMO wurde das System der autoritären Diktatur des Francisco Franco in Spanien (1936 – 1977) geheißen. Das beinahe Theokratische System konnte sich mit Duldung und Zuspruch der katholischen Kirche halten.

Die Herrschaft über das Volk war jedoch durch die Person Francos garantiert. Er verstand es, seine fast unbeschränkte Macht bis zu seinem Tod zu sichern.

Er steuerte unter anderem seine Macht dadurch genial, dass er alle wichtigen politischen Ämter auf der Basis persönlicher Vertrauensbeziehungen besetzte.

Er hielt diejenigen Institutionen, denen er Machtbefugnisse übertragen hatte,

1. die Staatspartei,
2. die katholische Kirche und
3. das Militär

mit Sonderzuwendung und vertrauensbildenden Maßnahmen auf sicherem Kurs.

Franco definierte sich als Verteidiger der vom Katholizismus geprägten spanischen Kultur und darüber hinaus als Wahrer westeuropäischer Zivilisation.

Da der Katholizismus von ihm als Werte leitende und wahrende Quelle spanischer und westeuropäischer Lebensart betrachtet wurde, kam es zu einer engen Kooperation von Kirche und Staat im Rahmen des sogenannten Nationalkatholizismus.

Tyrannei? Tyrannei ist eine allumfassende menschliche Einstellung und Verhaltensweise, am Leben gehalten durch fehlende Toleranz gegenüber Andersdenkenden, durch Ausgrenzung von Menschen, durch Sadismus, der bis in die Familien hinein wirkt, durch Gewalt z. B. gegen Frauen. KRIEG GEGEN FRAUEN IST WELTKRIEG.

Die Tyrannei verbreitet sich in und durch Sprache, Denken, Handeln, Stigmatisierung. Sie wirkt ohne Legitimation.

„Ihr werdet nirgendwo entdecken…", sagt mein Vater Mathéo, „…was dem Verständnis einer wahren Demokratie entspricht. Nur das Wort DEMOKRATIE werdet ihr finden. In dem Maße, in dem Politiker am Untergang der westlichen Demokratien arbeiten (Und das tun sie!), in dem Maße fangen die Menschen in ihren Grenzen an, dem Leben eine neue Richtung und einen Sinn außerhalb der bestehenden Machtverhältnisse zu geben. Der Mensch muss vor dem Nichts stehen, damit er erfährt, dass er in nichts sicher ist, außer in seinem Streben nach Würde.

Reden wir uns nichts ein!

Nicht durch Herrschaftsformen, nicht durch Macht, nicht durch Reichtum haben wir ein vollständiges Leben.

Nur durch die Liebe haben wir ein vollständiges Leben. Ein Leben ohne Liebe läuft Gefahr, zu zerbrechen. Menschliche Liebe siegt sprachlos, egal, wie reich oder arm, wie hoch oder niedrig angesehen der Mensch ist, egal, in welchen Herrschaftsformen sie wirkt.

So sagte mein Vater Mathéo am 12.2.1916.

Literatur:

Seite 9 bis 57:
Aus Tagebüchern und Aufzeichnungen.

Ab Seite 58:
DER SPIEGEL vom 13.10.2014, Artikel über Jean-Claude Duvalier ("Baby Doc").
DER SPIEGEL vom 12.06.2000, Artikel SCHRIFT-STELLER Im Bett des Ziegenbocks, Rafael Trujillo.
Eric Paul Roorda: The Dictator Next Door: The Good Neighbor Policy and the Trujillo Regime in the Dominican Republic, 1930–1945. Duke University Press, Durham/London 1998, ISBN 0-8223-2123-8.
Richard Lee Turits: Foundations of Despotism: Peasants, the Trujillo Regime, and Modernity in Dominican History. Stanford University Press, 2004, ISBN 0-8047-5105-6.
Bernard Diederich: Trujillo – The Death of the Dictator. Markus Wiener Publishers, Princeton 2000, ISBN 1-55876-206-X.
Robert Crassweller: Trujillo – The Life and Times of a Caribbean Dictator. MacMillan, New York 1966.
Mario Vargas Llosa: La fiesta del chivo. 2000; deutsch: Das Fest des Ziegenbocks, Suhrkamp, Frankfurt am Main 2001 (ein Roman, der sich mit dem System Trujillos und seinen Attentätern auseinandersetzt).
Nikolaus Werz: Rafael Leónidas Trujillo. In: Nikolaus Werz (Hrsg.): Populisten, Revolutionäre, Staatsmänner. Politiker in Lateinamerika. Vervuert, Frankfurt am Main 2010, S. 450–473.

Franz Eder: 'La muerte del chivo': Das Attentat auf Rafael Lelonidas Trujillo Molina am 30. Mai 1961. In: Rene Ortner, Michael Gehler (Hrsg.): Von Sarajewo bis zum 11. September: Einzelattentate und Massenterrorismus. Studienverlag, Innsbruck 2007 ISBN 978-3-7065-4019-3, S. 126–147.
Christian Schmidt-Häuer: Diktator Rafael Trujillo – Fluch der Karibik. In: Die Zeit, Nr. 22/2011 (Kurzbiografie).

Über den Autor:

Rolf Dieter Kaufmann, Jahrgang 1942, arbeitete als Lehrender 29 Jahre an einer deutschen Hochschule und 6 Jahre an einer italienischen Universität.

Er studierte Kunstgeschichte, Malerei und Grafik in Rom, Politikwissenschaften in München, Pädagogik, Sozialpädagogik, Philosophie, Indologie und Sinologie in Freiburg.

Die ihn am meisten beschäftigenden Themenstellungen sind Marginalität, in gesellschaftlicher Grenzstellung befindliche Personen, Ethnizität, Ambivalenzen in Mehrfachidentitäten – und der Dialog zwischen den Kulturen. Private und berufliche Gründe führten ihn nach Asien, Vorderasien, Afrika, in arabische Länder und nach Süd- und Mittelamerika.

Notizen

Notizen

Notizen

Notizen